Madame Bovary

FichesdeLecture.com

Madame Bovary
(Fiche de lecture)

I. INTRODUCTION

Ce roman paraît pour la première fois en 1857, avec pour titre original *Madame Bovary, mœurs de province*. Flaubert y travaille depuis 1851, sous la forme d'un feuilleton. Il est ensuite attaqué pour « outrage à la morale publique et religieuse et aux bonnes mœurs », mais finit par être acquitté et connaît un grand succès en librairie.

II. RÉSUMÉ DU ROMAN

Madame Bovary s'ouvre sur l'enfance de Charles Bovary, un jeune garçon qui ne parvient pas à s'intégrer dans sa nouvelle école et est constamment ridiculisé par ses camarades de classe. Charles, durant toute son enfance et son adolescence, reste un jeune homme médiocre et terne. Il échoue d'ailleurs à son premier examen de médecine et parvient avec difficulté à devenir un médecin de campagne de seconde classe. Sa mère le pousse à épouser une veuve qui meurt peu de temps après leurs noces, laissant derrière elle Charles avec beaucoup moins d'argent que ce à quoi il s'attendait.

Charles tombe amoureux d'Emma, la fille d'un de ses patients, et tous deux décident de se marier. Après un mariage raffiné, ils s'installent ensemble en province, où Charles a son cabinet. Mais leur mariage n'est pas à la hauteur des attentes romantiques d'Emma. Depuis sa tendre enfance, celle-ci rêve d'amour et de mariage comme une solution à tous ses problèmes. Et après avoir assisté à un magnifique bal donné chez un riche notable, elle commence à rêver en permanence d'une vie toujours plus sophistiquée. Elle s'ennuie donc de plus en plus et déprime lorsqu'elle compare ses fantasmes avec la réalité de son quotidien dans son village.

Son apathie finit par la rendre malade. Lorsqu'Emma tombe enceinte, Charles décide de déménager dans une autre ville pour qu'elle recouvre la santé.

C'est à Yonville, donc, que les Bovary rencontrent Monsieur Homais, le pharmacien de la ville, un moulin à parole qui adore s'écouter parler. Emma y rencontre aussi Léon, un clerc qui, comme elle, s'ennuie profondément dans sa vie campagnarde et aime s'évader en lisant des histoires romantiques. Lorsqu'Emma donne naissance à sa fille, Berthe, même la maternité la déçoit, puisqu'elle désirait un garçon. Elle continue donc à déprimer. Entre temps, des sentiments naissent entre la jeune femme et Léon. Toutefois, lorsqu'Emma se rend compte qu'il est amoureux d'elle, elle se sent coupable et se jette à corps perdu dans le rôle de l'épouse dévouée. Léon se lasse d'attendre et, persuadé qu'il n'obtiendra jamais Emma, part étudier le droit à Paris. Son départ accable Emma.

Peu de temps après, lors d'une foire agricole, un riche voisin, Rodolphe, qui est attiré par la beauté d'Emma, lui déclare son amour. Il la séduit et tous deux entament une relation passionnée. Emma étant plutôt indiscrète, les ragots commencent à circuler en ville à son sujet. Charles, cependant, ne se doute de rien, et son adoration pour sa femme combinée à sa stupidité l'aveugle sur la situation. Pendant ce temps, sa réputation professionnelle prend un coup sévère lorsqu'Homais et lui tentent une expérimentation chirurgicale sur un homme appelé Hippolyte, et que l'expérience tourne mal, au point de devoir amputer le patient.

Dégoûtée par l'incompétence de son mari, Emma s'engage d'autant plus dans sa relation passionnée avec Rodolphe. Elle emprunte de l'argent pour lui acheter des cadeaux et suggère qu'ils s'enfuient ensemble en emmenant Berthe. Mais rapidement, Rodolphe se montre blasé et se lasse des demandes d'affection toujours plus importantes d'Emma. Refusant de partir avec elle, il l'abandonne. Emma a le cœur brisé, au point qu'elle tombe malade et en meurt presque.

Le temps qu'Emma se remette de sa maladie, Charles se retrouve dans une grande difficulté financière, car il a dû emprunter de l'argent pour rembourser les dettes d'Emma et payer son traitement. Il décide cependant de l'emmener à l'opéra dans la ville voisine de Rouen. Là, ils y rencontrent Léon. Cette entrevue ravive l'ancienne flamme entre Emma et ce dernier, et cette fois-ci ils entament une relation amoureuse. Emma s'éclipse régulièrement à Rouen pour rencontrer son amant, ce qui aggrave de plus en plus ses dettes vis-à-vis de Lheureux, son usurier, qui augmente sans cesse les taux d'intérêt. Emma se montre toujours plus imprudente dans sa relation avec Léon. De ce fait, à plusieurs reprises, son entourage manque de découvrir son infidélité.

Au fil du temps, Emma s'ennuie avec Léon. Ne sachant pas comment l'abandonner, elle décide, au lieu de cela, d'être de plus en plus exigeante envers lui. Ses dettes continuent à s'accumuler. Finalement, Lheureux ordonne la saisie des biens d'Emma pour compenser les sommes qu'elle lui doit. Terrifiée à l'idée que Charles découvre tout, elle essaie frénétiquement de réunir tout l'argent dont elle a besoin, faisant appel à Léon et à tous les hommes d'affaires de la ville. Elle essaie même de se prostituer en proposant à Rodolphe de revenir avec lui s'il lui donne l'argent dont elle a besoin. Il refuse et, poussée au désespoir, Emma se suicide en avalant de l'arsenic. Elle meurt dans de terribles souffrances.

Pendant un temps, Charles idéalise la mémoire de son épouse. Mais un jour, il trouve des lettres écrites par Léon et Rodolphe et doit affronter la vérité. Il meurt seul dans son jardin, et Berthe est envoyée dans une filature de coton pour y travailler.

III. PRÉSENTATION DES PERSONNAGES

Emma Bovary

Emma est la protagoniste du roman. Elle a été éduquée dans un couvent et élevée à la campagne, puis épouse Charles Bovary alors qu'elle est encore très jeune. Tout au long de sa vie, Emma rêve d'une existence romantique, sophistiquée et passionnée, ce qui la conduit à tomber régulièrement dans l'extrême ennui, voire la dépression. Elle a une fille, Berthe, mais ne ressent aucun instinct maternel.

Emma se montre de plus en plus attentive à la religion et décide de venir une meilleure épouse et mère, mais ses résolutions ne durent jamais bien longtemps. Son profond désir pour la passion et l'extravagance la conduit à l'adultère, puisqu'elle entretient des relations avec Rodolphe puis avec Léon et développe ainsi des dettes considérables. Lorsqu'elle se rend compte qu'elle ne peut échapper à ses problèmes financiers et à sa double vie, elle se suicide, préférant la mort à la vie qu'elle mène.

Charles Bovary

Le mari d'Emma est un médecin de campagne aux capacités limitées, incapable par exemple d'entreprendre des opérations compliquées ; on le voit lors de l'épisode de l'opération de M. Hippolyte, qui développe une grave gangrène et doit être amputé par un autre médecin.

Charles est totalement aveugle sur l'infidélité et la tristesse, voire le désespoir de son épouse. Il aime et chérit Emma et pense qu'elle est la femme parfaite, mais il ne parvient jamais vraiment à la comprendre. De plus, lorsque les dettes de sa femme commencent à s'accumuler, Charles lui accorde la gestion de tous leurs biens, ce qui le conduit à la ruine. Après le suicide d'Emma, il découvre ses infidélités et meurt désabusé et solitaire.

Léon

Léon est un greffier de Yonville qui devient le second amant d'Emma. Ils partagent en effet une même vision romantique du monde. Même s'il tombe amoureux d'elle, il décide de partir à Paris pour étudier le droit, en partie car il pense qu'il ne sera jamais avec Emma tant qu'elle sera mariée. Lorsqu'elle le rencontre par hasard à Rouen, il est plus confiant vis-à-vis de ses désirs. À cet instant du roman, Léon est dépeint comme fier et maladroit, mas Emma le voit encore comme cosmopolite et très moderne. Attirée par cette idée de sophistication urbaine qu'il incarne à ses yeux, Emma se lance dans leur relation. Les premiers temps, ils sont heureux, mais petit à petit les amants commencent à s'ennuyer l'un avec l'autre. Lorsqu'elle vient lui demander, désespérée, une assistance financière, Léon ne peut l'aider et invente des excuses tout en s'éloignant d'elle. Peu de temps après la mort d'Emma, il se marie.

Rodolphe Boulanger

Rodolphe est un riche aristocrate qui vit dans les environs de Yonville. Extrêmement égoïste et manipulateur, il considère Emma comme une simple conquête féminine supplémentaire. Il organise d'ailleurs méticuleusement son entreprise de séduction de la jeune femme, lui déclamant de faux mots d'amour, abusant de sa confiance pour mieux l'abandonner par la suite le jour même de leur projet de fuite. Rodolphe incarne le type d'homme qui ne respecte jamais ni promesses ni engagements.

Monsieur Homais

Bien que M. Homais ne soit pas au cœur de l'intrigue de *Madame Bovary*, force est de constater que sa présence est essentielle pour la construction de l'atmosphère du roman. C'est un faiseur de discours pompeux, qui passe le plus clair de son temps à parler de techniques médicales et de théories auxquelles il ne connaît rien. Sa présence sert donc à accroître notre perception de la frustration d'Emma. Flaubert nous livre chacun des discours de M. Homais dans son intégralité et avec force détails, nous obligeant à les lire comme Emma est forcée de les écouter.

Homais est également quelqu'un d'égoïste. Il devient ami avec Charles pour que ce dernier ferme les yeux sur ses pratiques médicales douteuses.

Dans la dernière phrase de l'ouvrage, Homais reçoit la Légion d'honneur, qu'il a toujours rêvé d'obtenir, tandis que Charles et Emma sont tous les deux punis puisqu'ils décèdent dans le désespoir. En récompensant ainsi Homais, Flaubert ne préconise pas son genre de vie. Au lieu de cela, il nous dresse un portrait réaliste d'un des aspects les plus décevants du monde, à savoir que les médiocres et les égoïstes s'en sortent souvent mieux que ceux qui vivent avec passion ou ceux qui vivent humblement et traitent les autres avec générosité et gentillesse.

Monsieur Lheureux

Commerçant et usurier de Yonville à la sinistre réputation, M. Lheureux entraîne Emma vers des dettes de plus en plus importantes en manipulant ses désirs de luxe, la poussant finalement à la déchéance puis (en partie du moins) au suicide.

Hippolyte

Hippolyte est un domestique de Yonville qui accepte de se faire opérer de son pied-bot par Charles Bovary et le pharmacien, ce qui résulte finalement de la perte tragique de sa jambe.

Berthe

La fille de Charles et d'Emma, en raison de la conduite insensée de sa mère, de l'accumulation des dettes familiales et de la mort prématurée de ses parents, est condamnée à une vie dans la pauvreté.

IV. ANALYSE DE L'ŒUVRE

La recherche infructueuse de la liberté et du pouvoir

Tout au long du roman, Flaubert nous rappelle que les femmes de son temps ont tendance à devoir se définir d'abord à travers les hommes et la place qu'elles tiennent auprès d'eux. En conséquence, leur pouvoir et leur indépendance sont fortement limités, ce qui complique la poursuite de leurs propres désirs. D'une certaine manière, le roman dans son entier porte sur la lutte d'une femme pour obtenir liberté et puissance, bien qu'Emma ne soit pas un modèle d'émulation dans sa façon de se battre. Elle essaie d'atteindre une vie plus glamour, mais reste enlisée d'abord auprès de son mari, puis de ses amants. Chez Charles, par exemple, elle passe des heures à regarder à travers la fenêtre, comme si elle vivait sa vie comme une simple spectatrice. Emma est donc en grande partie responsable de la tragédie qui la frappe.

Depuis l'enfance, elle a toujours rêvé de la romance, de l'histoire d'amour parfaite qui lui apporterait le bonheur dans la vie. Manifestement, dans son esprit, ce bonheur ne peut être atteint qu'avec un homme à ses côtés. Elle fait toujours appel à un homme lorsque sa situation la désespère. Le plus souvent, l'aide qu'elle demande lui est refusée. L'épisode de sa tentative de prostitution montre qu'elle a fini par considérer sa sexualité comme sa source unique de pouvoir.

La médiocrité de la bourgeoisie

L'accumulation de déceptions d'Emma provient surtout de son mécontentement vis-à-vis de la bourgeoisie française de l'époque. Elle aspire à plus de goût, de raffinement et de sophistication que sa classe sociale. Cette frustration illustre une tendance sociale et historique en plein essor dans la seconde moitié du XIXe siècle.

À l'époque où Flaubert écrit, le mot « bourgeois » fait référence à la classe moyenne, à savoir aux gens qui n'ont pas les racines de l'aristocratie ou l'héritage d'une grande fortune, mais dont les professions leur permettent d'échapper aux travaux physiques et/ou pénibles. Leurs goûts sont caractérisés par un grand matérialisme.

La médiocrité de la bourgeoisie de son époque dégoûte Flaubert, et il utilise Emma Bovary pour transmettre son propre mépris de cette classe moyenne.

Madame Bovary montre ainsi à quel point les attitudes et attributs de la bourgeoisie peuvent être étouffants, ridicules et potentiellement dangereux. De plus, à travers les longs et ridicules discours du pharmacien Homais, Flaubert se moque de la classe bourgeoise et de ses prétentions à tout savoir. Homais n'est cependant pas qu'amusant, il est aussi dangereux, comme on peut le voir lors de l'opération qui tourne mal. Il fait encore plus de dégâts lorsqu'il tente de traiter Emma pour son empoisonnement. Un médecin lui rappelle d'ailleurs après cet épisode qu'il lui aurait fallu simplement coincer un doigt dans la gorge d'Emma pour lui sauver la vie.

Les limites du langage

À travers *Madame Bovary*, Flaubert explore les limites du langage en montrant comment les mots ne parviennent à exprimer qu'une partie infime de la profondeur de l'âme humaine et des émotions et idées qui l'animent. Les personnages de Flaubert sont fréquemment confrontés à leur incapacité à communiquer les uns avec les autres, ce qui rend emblématique le fait que les mots ne puissent pas décrire parfaitement ce qu'ils sont supposés désigner.

Les mensonges qui remplissent *Madame Bovary* contribuent à renforcer ce sentiment de décalage des mots, et l'idée qu'ils sont plus efficaces pour cacher une réalité ou la vérité, au contraire de ce qu'on attendrait d'eux. La vie d'Emma est présentée comme « un tissu de mensonges ». Elle invente des histoires en permanence pour empêcher que son mari ne découvre ses liaisons adultères. De même, Rodolphe ment à propos de son amour pour Emma, et il en prend tellement l'habitude que lui-même finit par supposer que les mots de la jeune femme elle-même ne sont pas sincères.

Flaubert souligne qu'en mentant ainsi, les amants rendent à jamais impossible l'expression de la vérité des choses par le langage.

Un symbole récurrent : la fenêtre

Les fenêtres sont souvent un élément associé à Emma. On la voit regarder à travers elles, ou dire au revoir à Charles ou Léon lorsque ceux-ci s'éloignent.

Pour Emma, ces fenêtres représentent une possibilité de fuite, qu'il s'agisse de s'échapper ou de se suicider en sautant par une lucarne...

Mais elle n'y parvient jamais et reste à l'intérieur, observant le monde en se contentant d'imaginer la liberté qu'elle ne peut obtenir.

Les fenêtres lui servent aussi à se remémorer dans le passé. Lorsqu'un domestique brise une fenêtre lors du bal, et qu'Emma voit les paysans à l'extérieur, elle se remémore immédiatement son enfance.

Mais, encore une fois, elle se montre incapable de donner suite à ses rêves d'évasion. Les fenêtres restent closes.

Dans la même collection en numérique

Les Misérables
Le messager d'Athènes
Candide
L'Etranger
Rhinocéros
Antigone
Le père Goriot
La Peste
Balzac et la petite tailleuse chinoise
Le Roi Arthur
L'Avare
Pierre et Jean
L'Homme qui a séduit le soleil
Alcools
L'Affaire Caïus
La gloire de mon père
L'Ordinatueur
Le médecin malgré lui
La rivière à l'envers - Tomek
Le Journal d'Anne Frank
Le monde perdu
Le royaume de Kensuké
Un Sac De Billes
Baby-sitter blues
Le fantôme de maître Guillemin
Trois contes
Kamo, l'agence Babel
Le Garçon en pyjama rayé
Les Contemplations

Escadrille 80
Inconnu à cette adresse
La controverse de Valladolid
Les Vilains petits canards
Une partie de campagne
Cahier d'un retour au pays natal
Dora Bruder
L'Enfant et la rivière
Moderato Cantabile
Alice au pays des merveilles
Le faucon déniché
Une vie
Chronique des Indiens Guayaki
Je voudrais que quelqu'un m'attende quelque part
La nuit de Valognes
Œdipe
Disparition Programmée
Education européenne
L'auberge rouge
L'Illiade
Le voyage de Monsieur Perrichon
Lucrèce Borgia
Paul et Virginie
Ursule Mirouët
Discours sur les fondements de l'inégalité
L'adversaire
La petite Fadette
La prochaine fois
Le blé en herbe
Le Mystère de la Chambre Jaune
Les Hauts des Hurlevent
Les perses
Mondo et autres histoires
Vingt mille lieues sous les mers
99 francs
Arria Marcella
Chante Luna

Emile, ou de l'éducation
Histoires extraordinaires
L'homme invisible
La bibliothécaire
La cicatrice
La croix des pauvres
La fille du capitaine
Le Crime de l'Orient-Express
Le Faucon malté
Le hussard sur le toit
Le Livre dont vous êtes la victime
Les cinq écus de Bretagne
No pasarán, le jeu
Quand j'avais cinq ans je m'ai tué
Si tu veux être mon amie
Tristan et Iseult
Une bouteille dans la mer de Gaza
Cent ans de solitude
Contes à l'envers
Contes et nouvelles en vers
Dalva
Jean de Florette
L'homme qui voulait être heureux
L'île mystérieuse
La Dame aux camélias
La petite sirène
La planète des singes
La Religieuse
1984 A l'Ouest rien de nouveau
Aliocha
Andromaque
Au bonheur des dames
Bel ami
Bérénice
Caligula
Cannibale
Carmen

Chronique d'une mort annoncée

Contes des frères Grimm

Cyrano de Bergerac

Des souris et des hommes

Deux ans de vacances

Dom Juan

Electre

En attendant Godot

Enfance

Eugénie Grandet

Fahrenheit 451

Fin de partie

Frankenstein

Gargantua

Germinal

Hamlet

Horace

Huis Clos

Jacques le fataliste

Jane Eyre

Knock

L'homme qui rit

La Bête humaine

La Cantatrice Chauve

La chartreuse de Parme

La cousine Bette

La Curée

La Farce de Maitre Pathelin

La ferme des animaux

La guerre de Troie n'aura pas lieu

La leçon

La Machine Infernale

La métamorphose

La mort du roi Tsongor

La nuit des temps

La nuit du renard

La Parure

La peau de chagrin
La Petite Fille de Monsieur Linh
La Photo qui tue
La Plage d'Ostende
La princesse de Clèves
La promesse de l'aube
La Vénus d'Ille
La vie devant soi
L'alchimiste
L'Amant
L'Ami retrouvé
L'appel de la forêt
L'assassin habite au 21
L'assommoir
L'attentat
L'attrape-coeurs
Le Bal
Le Barbier de Séville
Le Bourgeois Gentilhomme
Le Capitaine Fracasse
Le chat noir
Le chien des Baskerville
Le Cid
Le Colonel Chabert
Le Comte de Monte-Cristo
Le dernier jour d'un condamné
Le diable au corps
Le Grand Meaulnes
Le Grand Troupeau
Le Horla
Le jeu de l'amour et du hasard
Le Joueur d'échecs
Le Lion
Le liseur
Le malade imaginaire
Le Mariage de Figaro
Le meilleur des mondes

Le Monde comme il va
Le Parfum
Le Passeur
Le Petit Prince
Le pianiste
Le Prince
Le Roman de la momie
Le Roman de Renart
Le Rouge et le Noir
Le Soleil des Scortas
Le Tartuffe
Le vieux qui lisait des romans d'amour
L'Ecole des Femmes
L'Ecume Des Jours
Les Bonnes
Les Caprices de Marianne
Les cerfs-volants de Kaboul
Les contes de la Bécasse
Les dix petits nègres
Les femmes savantes
Les fourberies de Scapin
Les Justes
Les Lettres Persanes
Les liaisons dangereuses
Les Métamorphoses
Les Mouches
Les Trois mousquetaires
L'étrange cas du Dr Jekyll et de Mr Hyde
L'Ile Au Trésor
L'île des esclaves
L'illusion comique
L'Ingénu
L'Odyssée
L'Ombre du vent
Lorenzaccio
Madame Bovary
Manon Lescaut

Micromégas
Mon ami Frédéric
Mon bel oranger
Nana
Ne tirez pas sur l'oiseau moqueur
Notre-Dame de Paris
Oliver twist
On ne badine pas avec l'amour
Oscar et la dame rose
Pantagruel
Le Misanthrope
Perceval ou le conte du Graal
Phèdre
Ravage
Roméo et Juliette
Ruy Blas
Sa Majesté des Mouches
Si c'est un homme
Stupeur et tremblements
Supplément au voyage de Bougainville
Tanguy
Thérèse Desqueyroux
Thérèse Raquin
Ubu Roi
Un Barrage contre le Pacifique
Un long dimanche de fiançailles
Un secret
Vendredi ou la vie sauvage
Vipère au poing
Voyage au bout de la nuit
Voyage au centre de la terre
Yvain ou le Chevalier au lion
Zadig

À propos de la collection

La série FichesdeLecture.com offre des contenus éducatifs aux étudiants et aux professeurs tels que : des résumés, des analyses littéraires, des questionnaires et des commentaires sur la littérature moderne et classique. Nos documents sont prévus comme des compléments à la lecture des oeuvres originales et aide les étudiants à comprendre la littérature.

Fondé en 2001, notre site FichesdeLectures.com s'est développé très rapidement et propose désormais plus de 2500 documents directement téléchargeables en ligne, devenant ainsi le premier site d'analyses littéraires en ligne de langue française.

FichesdeLecture est partenaire du Ministère de l'Education du Luxembourg depuis 2009.

Plus d'informations sur www.fichesdelecture.com

ISBN: 978-2-511-02777-6

Notes :